Rosalía

La hondureña-americana

Por Christine Osoria

Ilustrado por
Hatice Bayramoglu
Traducido por
Natalia Sepúlveda

Rosalía
La hondureña-americana
Copyright: 2019 Christine Osoria
Diseño y composición ortográfica: Hatice Bayramoglu Ilustraciones:
Hatice Bayramoglu
Traducido por Natalia Sepulveda

ISBN: 978-0-578-71721-0

Somos todos diferentes

Nuestras vidas son collages.

Se orgulloso de donde

vienes y abraza tu cultura.

Rosalía es una niña brillante, muy amistosa y habla dos idiomas: inglés y español y es hondureña-americana. Le encanta bailar y jugar con su familia y amigos.

Sus padres nacieron en Honduras, un país en Centroamérica. Honduras tiene océanos hermosos, un clima caliente todo el año y palmas muy altas con frutas deliciosas como los mangostanes.

Sus padres aman a su país, pero les contaron sobre una ciudad hermosa llamada NUEVA YORK y la vida maravillosa que podrían tener en los Estados Unidos de América.

Un día, después de pensarlo mucho, decidieron empacar y mudarse a Nueva York, 2000 millas de Honduras.

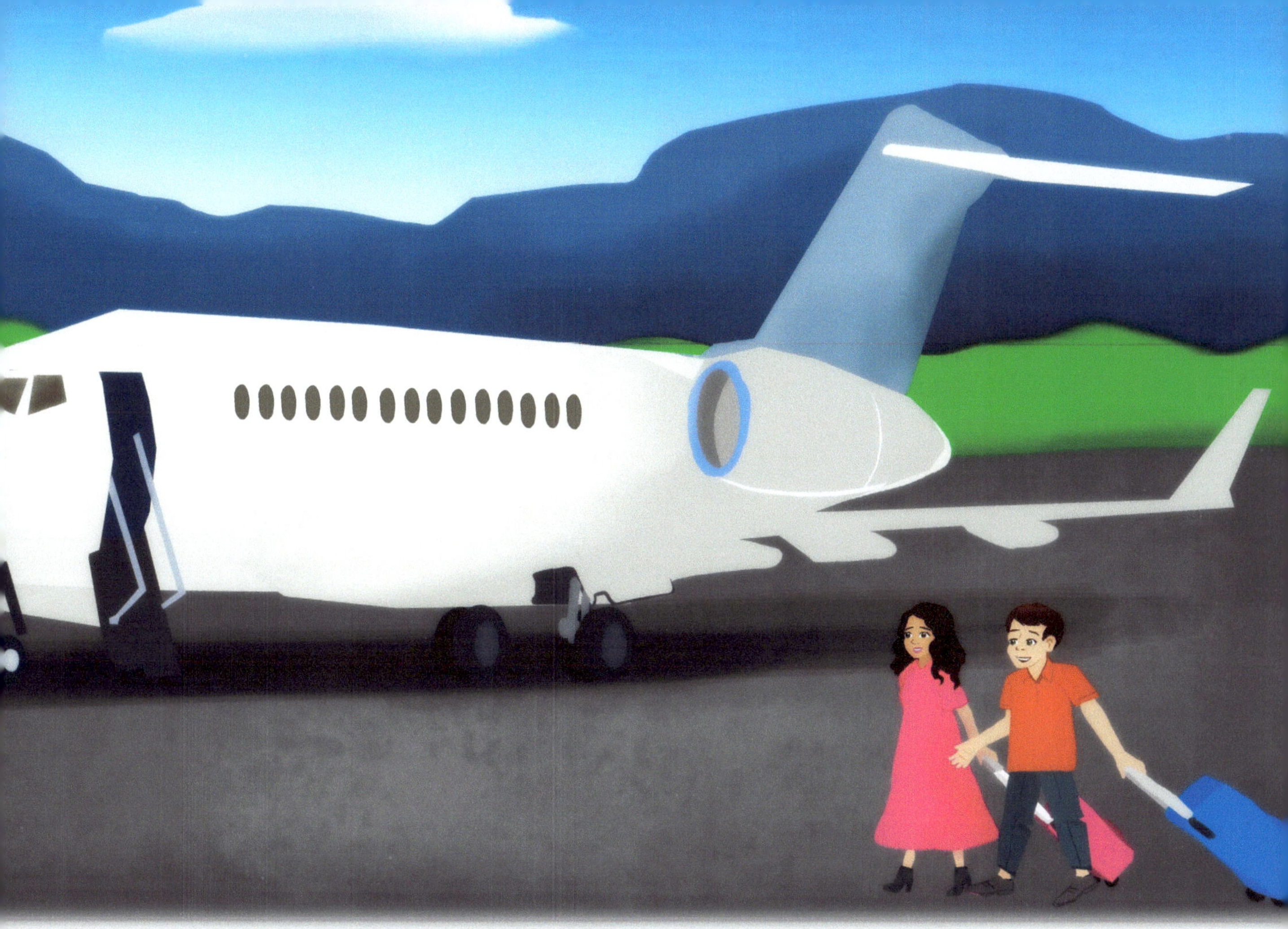

A los padres de Rosalía les encantó todo sobre la ciudad de Nueva York. Especialmente los edificios altos como el edificio Empire State y las Torres Gemelas. A ellos les encantaba caminar en el Parque Central, los Jardines Botánicos y el Zoológico del Bronx. Durante las navidades, ellos visitaron el Centro de Rockefeller para ver el hermoso árbol brillante de navidad y ver la estatua de la bailarina sentada en la pista de hielo.

Nueva York se convirtió en su hogar para siempre.

Mientras pasaban los años, Rosalía llegó a ser su hija primeriza, después llegaron su hermanito y hermanita.

En su casa, todos hablaban inglés y español. Su abuelita María, quien no hablaba inglés comenzó a aprender algunas palabras con la ayuda de Rosalía. Pero al mismo tiempo, Rosalía se reía cuando su abuelita María pronunciaba las palabras incorrectamente como "paancells" en vez de "pencils."

Rosalía asistía a "Claflin Terrace" la escuela elementar en su comunidad. La mayoría de sus estudiantes eran hispanos o africano americanos. A Rosalía le encantaba la diversidad de su escuela y el tener amistades de diferentes culturas. Ella se sentía que pertenecía.

Durante la hora del receso, a ella le encantaba jugar a la rayuela y el salto de cuerda doble.

La Sra. Rodríguez, es la maestra de tercer grado de Rosalía. Ella le da muchas asignaciones y proyectos a la clase. Un día, asignó un proyecto cultural. Este proyecto tenía que ser presentado al frente de sus compañeros de clase y sus padres.

A Rosalía no le gusta hablar al frente de la clase. Ella es muy tímida y se pone muy nerviosa cuando la miran mientras habla. Ella siente que dirá un error y otros se burlarán de ella.

La Sra. Rodríguez le pidió a cada estudiante el nombre del país que representarán. Al acercarse la Sra. Rodríguez a su pupitre, Rosalía inmediatamente contestó "Honduras."

Joel, el niño sentado a su lado dice "¿Qué es un Honduras? Nunca he oído de ese país."

Liz dice "Pensé que eras dominicana."

"y yo pensé que eras mexicana, como yo" – dijo Rodrigo.

¿Rosalía, hablas español? – preguntó Gabriel.

Rosalía comenzó a mirar a su alrededor del salón y se dio cuenta de que ninguno de sus compañeros había oído de Honduras, el cual es también parte de Latinoamérica.

Rosalía no se había imaginado que las personas no sabían sobre Honduras.

Ella seguía sentada en su pupitre escuchando la clase decir "México, España, Puerto Rico, República Dominicana, Perú, Argentina, Panamá, Guatemala"

Ella comenzó a preguntarse, ¿Por qué todos sabían sobre todos esos países latinoamericanos y no sobre Honduras?

Todos los estudiantes tenían un compañero de clase escogido para el proyecto, en cambio Rosalía fue la única alumna que se quedo sola haciendo el proyecto de cultura. Ella vio como sus amigos colaboraban y trabajaban en su proyecto en equipo.

Ella escuchó como sus amigos hablaban sobre las comidas que comían y la música que escuchaban.
Ella era la única hondureña en su clase y se sentía que nadie la entendía porque ella era tan diferente.

Ella fue a casa con lágrimas rodando por sus mejillas rosadas y les preguntó a sus padres "¿Por qué no puedo ser como los demás? ¿Por qué no puedo ser de un país conocido?"

Su padre estaba confundido. Rosalía comenzó a explicarle a cerca de su proyecto de clase, de que sus compañeros no sabían que Honduras era un país y que todos pensaban que ella era de otro lugar.

"¿Mija, estás avergonzada de ser hondureña? -- su papá le preguntó.

"No papá, pero ¿por qué nadie sabe que existimos?

Su mamá oyó a Rosalía llorando y dijo "Rosalía, te voy a decir algo, hay muchos países en el mundo que no conocemos. Solo porque las personas no saben que Honduras es un país y de que existe, no quiere decir que debes estar avergonzada de tu cultura. Tu padre y yo siempre seremos hondureños y eso no va a cambiar porque la gente no nos conoce."

Rosalía contestó "Mamá todos en la clase estaban confundidos cuando les dije que era de Honduras. Soy la única hondureña en mi clase y no tengo con quien hacer mi proyecto. Todos mis amigos y compañeros de clase pueden compartir sobre su cultura para sus proyectos y yo no."

Su abuelita María estaba en la cocina haciendo baleadas
mientras escuchaba a Rosalía hablar con sus padres.
"Rosalía, ven para acá"
—ella le dijo en voz alta

Rosalía comenzó a caminar hacia la cocina como le pidió su abuelita María para extender la masa de las tortillas para hacer baleadas.

"Abuelita, yo no tengo ganas de hacer esto en este momento" dijo Rosalía

"Te oí hablando con tus padres de lo que sucedió en la escuela hoy. Y pensé que podríamos hacer baleadas, tu comida favorita, porque sé que te encantan."

"Sí, abuela es verdad" Rosalía contestó

"Baleadas es el plato típico de Honduras y también es tu favorito. Las tortillas, los frijoles, la crema agria y el queso son parte de quienes somos, lo que nos hace diferente del resto del mundo."
Rosalía siempre tendrás una parte de Honduras contigo. Tu eres diseñada para ser diferente, eres hondureña.

Unos días pasaron y todos en la clase estaban bien emocionados y listos para presentar su país.

Las familias y amigos estaban invitados a ver la presentación. Muchos de los estudiantes estaban vestidos con sus trajes típicos de su país, se oía música de diferentes países y los padres trajeron comida para este evento especial.

Rosalía se sentó en la parte de atrás del salón con la esperanza de que la Sra. Rodríguez nunca llamara su nombre.

Eventualmente, la Sra. Rodríguez dijo "Rosalía, eres la siguiente, por favor colócate al frente de la clase"

Rosalía camina hacia el frente de la clase y sus manos comienzan a sudar, sus mejillas se ponen rojas y siente su corazón latir tan rápido que quiere salir corriendo. Se voltea hacia el frente de la clase y dice:

"Mi nombre es Rosalía y soy hondureña-americana. Vengo de una familia que vino a los Estados Unidos de América hace muchos años de un país llamado Honduras.

Honduras se encuentra en América Central. El 15 de septiembre es el día de su independencia. Nuestro idioma nativo es el español, pero muchos hablan garífuna.

Nuestra bandera tiene dos colores azul cerúleo y blanco con 5 estrellas en el centro. Cada estrella representa las cinco naciones de América Central como El Salvador, Costa Rica, Nicaragua, Guatemala y Honduras.

Baleadas es nuestro plato típico y me encanta hacerlas con mi abuelita. Nuestra danza tradicional es el baile de la punta. El baile de la punta se hace en un círculo mientras se aplaude, se mueve la cintura y se dan vueltas. Nos encanta el balompié, e ir a los juegos y animar a nuestro equipo hondureño.

Me encanta ver a Honduras jugar contra el equipo de los Estados Unidos, es una oportunidad de poder representar los dos países que quiero mucho. El ser hondureña y representar mi cultura hoy me ha enseñado que está bien ser diferente. Hace unos días, muchos de mis amigos nunca habían oído de Honduras y tengo la oportunidad de compartir un poco de mí. Estoy orgullosa de ser hondureña-americana. Estoy orgullosa de representar a ambos países con todos ustedes."

Al terminar su presentación, Rosalía miró a sus padres, quienes la estaban animando.

Mientras escuchaban la música de la punta, su familia comenzó a servir baleadas a sus compañeros de clase y a sus familiares, para que pudieran saborear la comida de Honduras.

"Rosalía, sé que fue difícil ver que todos compartieran su cultura con sus amigos y que tu tuvieras que hacer tu presentación sola, pero quiero que sepas, que hiciste un buen trabajo y estoy muy orgullosa de ti. Hoy, todos se fueron a casa con haber aprendido algo que no sabían antes. Gracias por compartir a Honduras con nosotros."

-dijo la Sra. Rodríguez

Rosalía se volteó para caminar hacia sus padres y dijo

"Amo quien soy y estoy orgullosa de ser hondureña americana."

fin

Quiero reconocer a mi familia y amistades quienes me han apoyado con mi jornada de escribir este libro.

RJM & mi esposo… Te amo.